LE
THÉATRE SAUVÉ.

De l'Imprimerie de J.-M. EBERHART, Imprimeur du Collége Royal, de France, rue du Foin Saint-Jacques, n. 12.

LE
THÉATRE SAUVÉ,

OU

L'ÉCOLE DE DÉCLAMATION ;

LE GYMNASE DRAMATIQUE ;

LE SECOND THÉATRE FRANÇAIS ;

LE PREMIER THÉATRE FRANÇAIS,

CONSIDÉRÉS DANS L'INTÉRÊT DE L'ART DRAMATIQUE.

PARIS,

CHEZ LADVOCAT, LIBRAIRE, AU PALAIS-ROYAL,

ET LES MARCHANDS DE NOUVEAUTÉS.

1819.

DE
L'ART DRAMATIQUE
EN GÉNÉRAL.

<hr>

Chaque carrière présente ses difficultés. Dans les arts, il est impossible d'établir une balance qui règle un degré de supériorité. *Homère* chantant la guerre de Troie l'emporte-t-il sur *Praxitèle*, dont le ciseau donne la vie au marbre? *Raphaël* est-il au-dessus de *Corneille*? *Le Kain* n'est-il pas immortel comme eux? seulement, il est moins heureux; avec lui, son génie s'est éteint, et les beautés sublimes qui le rendirent fameux, n'offriraient à notre imagination que d'heureux songes inventés pour embellir l'art théâtral, si de nos jours *Talma* n'en rappelait le souvenir; mais après lui, qui pourra soutenir la gloire de la scène française, et prouver qu'il faut peut-être quelque chose d'aussi magique pour être grand comédien, que pour être grand poète, ou grand peintre? Chaque art a son génie particulier; tel atteint le sublime dans l'un, qui n'aurait fait que ramper dans l'autre. Abandonnons une question que l'être raisonnable ne cherche pas à résoudre. Courons au but qui nous charme davantage, sans nous inquiéter des préjugés que le talent et la probité anéantissent.

Si l'art dramatique offre plus d'écueils, de dégoûts, en est-il moins beau, moins utile, moins moral? Non, sans doute; il faut être né véritablement artiste, pour surmonter les difficultés, sans nombre, qui se rencontrent au théâtre; c'est la carrière la plus épineuse et la plus foiblement encouragée. Encore un peu et ses beaux jours auront cessé.

Dans l'intérêt des autres arts, il est de toute nécessité d'en prévenir la chute.

C'est au théâtre que la littérature brille dans son plus bel éclat : l'auteur a besoin d'un interprète capable de s'élever jusques à ses idées. La peinture, la sculpture réclament aussi contre la déplorable négligence des études dramatiques; il semble que, pour être comédien, assembler ses lettres suffise !

Que deviendra la scène française abandonnée à l'ignorance et à la stupidité? La vérité des costumes sera négligée, quand sous ce rapport il reste encore beaucoup à faire ; les bonnes traditions se perdront, les mauvaises existeront toujours, de plus absurdes encore seront créées; enfin, la raison, le bon goût, chassés du temple de Melpomène et de Thalie, ne garantiront plus le succès des auteurs; le jeune peintre, le statuaire n'y trouveront plus d'aliment, et leur imagination manquera de l'exaltation que produisent toujours les grandes émotions.

Tous les arts étant intimement liés, il est donc indispensable de leur accorder une égale protection, et le théâtre a besoin de secours plus puissans que ceux qui existent.

C'est seulement de la formation d'une école pratique, sous la dépendance d'anciens acteurs instruits et d'hommes de lettres, qu'on peut espérer de dignes successeurs aux *Le Kain*, *Préville* et *Molé*.

L'influence des spectacles sur les mœurs, est trop généralement reconnue pour qu'il soit utile de démontrer, ici, la nécessité absolue de prévenir la chûte de l'art théâtral.

Les Grecs s'entendaient aussi bien que nous en prospérité nationale ; et d'après le grand nombre des fêtes qu'ils célébroient, leur composition, et la pompe qui y était attachée, il est certain qu'ils cherchaient toujours dans leurs plaisirs, un but utile à la patrie.

Ils furent les inventeurs des jeux qu'ils appelaient *Gymniques* ou *Scéniques*. Les premiers étaient destinés aux exercices du corps, les seconds à la scène.

La profession d'athlète même, n'était frappée d'aucun préjugé ; au contraire, ceux que l'on y destinoit, fréquentaient, dès leur jeunesse, les gymnases, espèces d'académies entretenues aux dépens du public ; ils étaient sous la direction de différens maîtres qui les exerçaient à la course à pied, à cheval, en char, à la lutte, au saut, au javelot, au pugilat et au pentathle. Les lois athlétiques exigeaient qu'il n'y eût aucun reproche à faire du côté de la naissance, des mœurs et de la condition. Aux jeux olympiques, la carrière était fermée aux étrangers. Alexandre, fils d'Amyntas, roi de Macédoine, voulant y disputer le prix de la course, fut obligé de prouver, en bonne forme, qu'il était Argien et non Macédonien. L'Athlète proclamé vainqueur était accablé d'éloges, de présents ; on le couronnait, on lui élevait des statues ; enfin, Cicéron assure qu'il était plus glorieux, en Grèce, d'avoir remporté les prix aux jeux olympiques, qu'à Rome d'avoir obtenu les honneurs du triomphe , et même celui du consulat. Il n'y a rien d'extraordinaire dans ce qu'avance Cicéron , puisque l'enthousiasme national , après la mort de Philippe Crotoniate , lui offrit des sacrifices , et qu'Euthyme de Locres, de son vivant, reçut les honneurs divins par l'ordre de l'oracle.

Les Grecs n'eurent long-temps d'autres spectacles qu'un grand nombre de fêtes , composées de danses et de combats , dont les athlètes étaient les principaux acteurs ; seulement , quelques danseurs réunis en troupe, étaient appelés aux réjouissances particulières, principalement aux noces , pour amuser les convives , qui, bientôt confondus avec eux, cherchaient à les imiter.

Ce fut vers la 61e olympiade que parut Thespis, premier auteur et acteur tragique. Il se faisait conduire de bourgade en bourgade avec les siens, et, le visage barbouillé de lie , il représentait ses ouvrages. Eschile lui succéda, et parut 540 ans avant notre ère. C'est à cette époque que durent commencer les jeux scéniques, consacrés spécialement à l'art dramatique. Licurgue, ce fameux législateur de Sparte, y attachait une grande importance , puisqu'il ordonna que les pièces d'Eschile seraient déposées dans le trésor public, et qu'il voulut qu'un scribe fût chargé de les lire souvent aux comédiens pour leur en faire sentir toutes les beautés. Aristophane , trouvait que l'Art du Comédien n'était pas au-dessous de son génie , car il se chargea d'un rôle dans sa pièce *des Chevaliers*. On pourrait encore , par mille exemples, prouver l'importance que les anciens attachaient à l'art théâtral ; mais, pour rassurer le jeune comédien sur la noblesse de sa profession, il suffira de citer le nom du Pape Léon X, qui fit renaître en Europe la bonne tragédie et la bonne comédie. Un grand nombre de pièces de théâtres, furent représentées dans son palais avec une magnificence qui prouve qu'il était loin de lancer l'anathême contre les comédiens. En Angleterre, les restes de Mlle. Offilds reposent à Westminster, à côté de Newton, et semblent s'y confondre avec la cendre des Rois. Mais était-il bien nécessaire de s'appuyer d'autorités étrangères, quand, chez nous, mille citations suffiraient pour imposer silence à l'ignorance et à la stupidité qui veulent frapper d'ignominie la carrière à laquelle nous devons *Rotrou, Corneille, Racine, Crébillon, Voltaire, Molière, Regnard,* et les chefs-d'œuvre de ceux qui les ont suivis.

Louis XIII honora de sa protection le Théâtre, et déclara le 16 avril 1641, que les comédiens du Roi ne dérogeaient pas. *Floridor*, comédien et gentilhomme, obtint, d'après un arrêt du 10 septembre 1668, un an pour rapporter ses titres de noblesse, avec défense de l'inquiéter sur sa qualité d'écuyer.

Voltaire n'a-t-il pas dit à la célèbre Mlle *Clairon* :

« *Votre art exige tous les talents d'un grand » peintre et d'un grand orateur.* »

Mais, selon moi, ce qui doit le plus enorgueillir, échauffer ceux qui se livrent au Théâtre, c'est que l'auteur du Tartuffe et du Misanthrope, joua la comédie jusqu'à ses derniers momens.

ÉCOLE DE DÉCLAMATION.

Si, dans les premiers tems, les Grecs attachaient une grande importance à leurs jeux athlétiques, c'est parce qu'ils servaient à développer les forces physiques de chaque citoyen. Tous leurs pensers alors, se portaient vers la gloire militaire. Aussi, pour répondre à leurs vues, on les voit se créer des académies, où ils apprenaient différens exercices capables de les rendre plus propres au métier des armes.

Après la bataille de Marathon, leurs mœurs ayant éprouvé une révolution favorable, ils voulurent ajouter à leurs plaisirs, et s'étant relâchés de leur austérité, les arts attirèrent tous leurs soins et le théâtre en eut la la plus belle portion. C'est peut-être, la seule cause des progrès rapides que l'on remarque chez leurs auteurs. En effet, comment s'étonner du nombre et du génie de leurs poètes, lorsque l'honneur de remporter les prix était envié de tous et disputé par l'élite des citoyens ? D'après le rapport de Pline, Denis, tyran de Sicile mourut de joie d'avoir obtenu le prix avec une de ses tragédies.

Nous, dont les richesses dramatiques l'emportent de beaucoup sur celles de nos voisins ; nous, qui pouvons sous ce rapport établir une juste parité et peut-être une supériorité marquée avec les anciens, serions-nous assez peu jaloux de notre gloire pour ne pas employer tous les moyens possibles d'y ajouter et d'en perpétuer le souvenir ?... Chez un grand peuple, les grands hommes ont toujours des successeurs. *Turenne* et *Bayard* en ont eu ; pourquoi *Corneille*, *Racine* et *Molière* n'en auraient-ils pas ?

Sous un gouvernement paisible, sous un Roi philosophe et littérateur, le théâtre a quelque droit à sa sollicitude ; et présenter les moyens d'en prévenir la décadence, combattre de vains préjugés, des institutions vicieuses, est un but assez utile pour mériter l'attention de tous.

Considérons d'abord, les divers motifs qui portent les comédiens vers l'art dramatique.

Quelques-uns, doués seulement d'une mémoire assez heureuse, jugent le théâtre comme toutes les autres professions, et trouvent qu'il est plus facile de parler une heure ou deux, que de travailler laborieusement toute une journée ; alors, ils prennent la comédie : mais que deviennent-ils ? Rien, quand ils pouvaient se rendre utiles à la société dans une carrière plus convenable à leurs moyens et à leur éducation. D'autres, plus ou moins favorisés de la nature, et se créant de riants tableaux de volupté, brûlent du seul désir de porter tel ajustement capable de dessiner leurs formes, ou d'embellir leur figure ; alors, ils se vouent au théâtre, parce que là, se rencontre la faculté d'être vu publiquement ; mais quel sort ont ces nouveaux Narcisse ? Ils meurent après avoir seulement étudié dans les boudoirs l'art de se mirer. Les femmes sont plus portées que les hommes à ce défaut, nous leur pardonnons; mais souvent ce qui chez elles, n'est que faiblesse, travers, devient chez nous vice capital, et l'on ne saurait trop mépriser ces malheureux qui veulent paraître autant elles que nous.

Il est certain qu'en n'examinant que ces deux classes de comédiens, enfantées par l'ignorance et le libertinage, on se fait une bien triste idée du théâtre; mais si l'on sépare le badigeonneur et le faiseur d'enseignes d'avec l'artiste dont les pinceaux ressuscitent les grands hommes et leurs actions, pourquoi s'obstiner à confondre l'inepte et le fat libertin, avec le véritable artiste dramatique, qui, plein d'exaltation pour les beautés poétiques, pense avec chaleur, brûle d'exprimer les passions tracées par nos grands maîtres; partout étudie la nature, et passe des jours et des nuits à réfléchir, bâtir et débâtir? Voilà le seul homme qui mérite le titre de comédien, et qui peut espérer d'inscrire son nom à côté des *Le Kain, Préville, Belcour* et *Molé.* Il suffirait de citer tous les acteurs morts qui se sont illustrés, et ceux vivants qui ont de la réputation, pour se convaincre que les plus instruits seront toujours les plus célèbres.

Mais comment n'espérer que des comédiens instruits, tant qu'ils seront frappés de préventions et de préjugés? Ces préventions, ces préjugés, sont ridicules à la vérité, cependant ils existent, et telle est leur force, qu'ils éloignent de la carrière, des gens qui pouraient y tracer des routes nouvelles, et peut-être inspirer de nouveaux *Corneille.*

On prétend que la conduite des comédiens justifie la défaveur dont on les gratifie. Eh bien! si, dans chaque classe de la société il étoit possible de scruter comme la masse fait dans la leur; si, dis-je, les actions de chaque individu servaient d'aliment à la curiosité générale, comme celles des comédiens, beaucoup de ceux qui les dédaignent seraient peut-être trouvés plus méprisables que les moins estimés.

Outre le préjugé, il existe encore des entraves : c'est l'insuffisance de la méthode et l'impossibilité où se trouvent les élèves d'avoir une existence indépendante, qui leur permette de sacrifier tout leur temps aux nombreuses études qu'exige le théâtre, pour y être quelque chose. Car il est nécessaire de remarquer qu'en général, ceux qui se livrent aux arts et principalement les comédiens n'ont aucune fortune, et qu'au théâtre il faut travailler long-temps avant de pouvoir s'y faire supporter.

Il résulte de cette impuissance de faire les études nécessaires, que tel qui serait peut-être parvenu se rebute ou va courir la province et perd le germe d'un beau talent.

Je viens d'avancer que le mode d'enseigner l'art du théâtre est insuffisant; je dis plus : l'école de déclamation, telle qu'elle existe aujourd'hui, n'est qu'un fantôme d'institution. Il est fâcheux qu'elle absorbe annuellement une somme assez considérable. C'est avec une sorte de justice qu'on a beaucoup crié; cependant, la raison voulait peut-être qu'avant de crier on offrit un remède, car, *anéantir* n'est pas le mot du sage, c'est *améliorer*. On a dit qu'une école n'était pas nécessaire, parce qu'on ne fait point un comédien. Fait-on plus un peintre ? Non; eh bien! l'atelier et les leçons des David, des Gros, des Girodet sont donc inutiles ?

Je soutiens, au contraire, que, sans le secours d'une bonne école, il est impossible de relever l'art théâtral et d'étouffer le préjugé qui nuit à ses progrès. Il est absolument indispensable de créer un établissement intimement lié avec le second et le premier Théâtre français; qu'il y ait un cours de déclamation pratique, et non purement méthodique comme il existe maintenant; que les élèves, pour y être admis, soient tenus de savoir au moins parler français; qu'ils puissent recevoir des notions d'histoire, de littérature; et surtout, qu'ils soient à même de s'occuper de leurs études sans préocupation pour leurs moyens d'existence.

Quoique dans les premiers temps de l'organisation de l'école, il existât une somme affectée au paiement de plusieurs bourses, nous croyons devoir ne pas charger le budjet de l'intendance des menus plaisirs de nouvelles dépenses; et par un moyen tout-à-fait utile à l'art et aux élèves, nous offrirons la faculté de couvrir les fonds nécessaires pour les indemnités à accorder. Cette ressource sera développée en parlant du gymnase dramatique.

Il faut remarquer que le petit nombre de jeunes comédiens qui donnent quelques espérances sortent tous du pensionnat. *Victor, Bernard, Colson, David, Samson* et *Perlet,* ont reçu, pendant des années, les secours accordés par le Conservatoire. Si, pour combattre notre projet, on nous opposait leurs noms, trois arguments suffiraient pour réfuter : ils sont jeunes, d'autres auraient peut-être fait plus qu'eux, et la nature est avare de grands peintres, de grands poètes et de grands comédiens.

Avant de préciser les moyens à employer pour que

les élèves soient libres et s'exercent, il faut nous occuper de l'école préparatoire dont la marche devrait les conduire à ce but.

MM. *Saint-Prix, Lafon* et *Michelot*, professeurs existants, ont un mérite trop réel pour être récusés; seulement, il serait d'absolue nécessité de leur adjoindre trois collègues pris parmi d'anciens acteurs estimés, ou des gens de lettres. Il existe à Paris trois hommes qui, après avoir laissé un beau nom au Théâtre, pourraient encore rendre de grands services à l'art, ce sont : MM. *Granger, Fusil* et *Nanteuil*.

On dira que c'étaient trois hommes de lettres qu'il fallait citer pour les professeurs à nommer, puisqu'il existe déjà trois comédiens attachés à l'école de déclamation. Je répondrai que tous les littérateurs donneront d'excellens conseils à un comédien fait, mais que ceux capables d'enseigner les élémens de la comédie sont, peut-être, en très petit nombre. Il faut avoir fait une étude particulière de l'art oratoire, pour savoir attaquer, graduer et clore une inflexion. L'organe est un instrument souvent rétif; il est très-difficile de s'en bien servir, et surtout de s'en bien servir au Théâtre; il faut l'expérience de plusieurs années pour qu'un acteur connaisse toute la puissance et l'étendue du sien; alors, comment un auteur qui n'a jamais lu ses vers que dans son cabinet, ou dans un salon, et à demi-voix, peut-il guider le jeune comédien dans la partie fondamentale et la plus aride, *l'emploi de la voix?* Il y a mille choses au Théâtre, ignorées des gens de lettres ; c'est pourquoi, à l'exception de ceux qui ont joué la comédie, ou qui sont nés comédiens, je pense que leurs conseils seraient plus nuisibles qu'utiles aux jeunes gens. Beaucoup sacrifieraient à la magie des vers et à la richesse de la rime, et leurs élèves n'auraient qu'une diction emphatique et chantante. C'est avec une extrême circonspection que je hasarde ces observations, car certainement MM. *Lemercier* et *Picard* sont bien capables de former un comédien ; au reste, nous aimerions mieux un jury composé de plusieurs hommes de lettres, pour juger les élèves dans les exercices publics, les avertir de leurs défauts et leur indiquer des choses nouvelles, que de leur voir enseigner à desserrer les dents, et à faire sortir l'organe.

Outre l'assiduité exigée des professeurs, je voudrais qu'il existât trois *répétiteurs* alternants au lieu de deux pour faire travailler les élèves auditeurs. Les services que rendent MM. *Cossard* et *Provost*, à ce titre, sont évidens ; mais on devrait chercher à stimuler chaque élève par l'espérance d'occuper cette troisième place.

Primitivement, je crois que chaque professeur avait sa classe, et il me semble qu'il devait en résulter des avantages réels. L'élève n'avait pas à mettre en balance les avis de plusieurs. Une seule route lui était indiquée. Quand on fait les premiers pas dans une carrière, il ne faut qu'un bon guide, plusieurs s'entre-nuisent. D'ailleurs, comme il faudrait qu'il y eût, au moins tous les trois mois, un examen, chaque professeur aurait le plaisir de présenter ses élèves ; et les élèves l'ardeur de faire triompher leur professeur. Émulation réciproque : tous les hommes en ont besoin.

Il faut que le jeune comédien fasse un travail soutenu et qu'il soit guidé par de bons maîtres, pour ne pas s'égarer dans les divers développemens d'un rôle :

il faut surtout qu'il apprenne à le mettre en scène, en action ; et, sous ce rapport, les leçons données sont tout-à-fait insuffisantes.

Saint-Prix, depuis qu'il professe, a jusqu'ici fait de vains efforts pour que les siennes présentassent cet avantage. Enchaîné par la situation des élèves, et je ne sais quel pouvoir, ses excellents projets se dissipent comme un nuage ; et il semble qu'après avoir illustré la scène française, on veuille lui ravir l'honneur de la réorganiser.

Qu'arrive-t-il de cet ordre de choses ? Qu'un élève est souvent considéré comme ayant terminé ses études, quand il n'a jamais répété qu'une scène de deux ou trois rôles.

Pour enseigner avec fruit, il faudrait, comme le veut Saint-Prix, monter entièrement les chefs-d'œuvre de nos grands maîtres ; distribuer les rôles aux élèves en exercice, et les accessoires aux élèves auditeurs ; ensuite, tracer chaque caractère ; apprendre à bien développer une exposition ; habituer l'élève à suivre et à se monter avec l'action ; lui découvrir les senti-mens divers dont il doit être agité ; lui présenter le mouvement de chaque scène et le degré de rapport et d'opposition qui existent entr'elles ; bien lui indiquer ce que tel personnage est à tel autre, pour le garantir de ces fautes grossières que nous voyons commettre si souvent contre la vérité et les convenances ; enfin lui dé-voiler tous les secrets de l'art, pour qu'il puisse au moins savoir ce que c'est qu'entrer, parler, se taire, et sortir.

Pourquoi les élèves n'ont-ils pas leur entrée dans tous les théâtres royaux ?

2

Cette demande se fait à chaque instant, personne n'y répond.

Comment? on veut des comédiens, et tout ce qui peut servir à alimenter le goût des élèves, et à leur frayer une route moins épineuse, leur est refusé. Au moins, nos littérateurs et nos peintres ont la possibilité d'étudier dans nos bibliothèques et dans nos musées : les portes leur en sont toujours ouvertes; et là, contemplant des chefs-d'œuvre immortels, ils aspirent à devenir célèbres. Les comédiens, comme les autres artistes, ont besoin de voir, de méditer sur le bon et le mauvais. L'un et l'autre servent. Donc, il est indispensable qu'ils étudient *Talma*, Mlle *Mars* et qu'ils cherchent à faire autrement que ceux qui font mal.

Destinez aux progrès de l'art, quelques places dans nos premiers Théâtres; formez une bonne école et vous aurez des sujets capables de ressusciter un jour l'honneur de la scène française.

Je le répète, sans cela toute l'expérience et la bonne volonté des professeurs seront infructueuses, et l'école ne produira que des diseurs plus ou moins agréables, mais jamais un comédien. Après ce travail préparatoire et qui suffirait pour la théorie, il serait indispensable d'y ajouter des exercices publics, dont les recettes serviraient à couvrir les dépenses et les indemnités accordées aux élèves. Ces représentations seront le sujet du chapitre suivant, et devront être le domaine du gymnase dramatique.

GYMNASE DRAMATIQUE.

Il y a fort peu de temps, les journaux firent mention d'un privilège accordé pour la formation d'un théâtre qui doit avoir le titre de *Gymnase dramatique*. D'après l'article inséré dans diverses feuilles, on pouvait espérer beaucoup de cet établissement ; mais tous ceux qui s'intéressent au théâtre apprendront sans doute avec peine, que les directeurs songent seulement à spéculer, et que l'exécution de leur projet n'offrira qu'un nouveau spectacle tout-à-fait *inutile*, je dis *inutile*, c'est tout-à-fait *nuisible* ; car il suffit de savoir que ces futurs directeurs sont grands faiseurs de vaudevilles, pour se persuader que le répertoire de ce nouveau théâtre se composera de ce genre et principalement de leurs ouvrages. Ils ont l'intention, pour justifier le titre qu'ils ont choisi, d'unir à leurs joyeux couplets, la tragédie, la comédie et l'opéra-comique ; mais, comme ils sont assez raisonnables pour penser qu'un seul théâtre ne peut alimenter quatre troupes, ils cherchent en ce moment un premier rôle qui soit un jour *Talma*, le lendemain *Fleury*, le jour suivant *Elleviou*. Il leur faut aussi un père noble, qui soit tout-à-la-fois *Saint-Prix*, *Baptiste aîné*, *Chénard* et *Tiercelin*. J'abandonne au lecteur le plaisir de suivre la composition de cette troupe vraiment co-. mique.

Comme il est impossible que la demande de ce privilège ne soit appuyée d'aucun but d'utilité, on a tout lieu d'espérer que l'autorité trompée par de fausses promesses, révoquera la permission, si toutefois elle est donnée, et empêchera l'existence d'une institution qui, d'après les bases annoncées, nuirait en même temps aux théâtres existants et au conservatoire.

. En effet, il est absolument nécessaire qu'il existe un Gymnase dramatique, mais autrement combiné.

Il faut que cet établissement soit en harmonie avec l'école réorganisée, qu'il se trouve entièrement sous la dépendance de directeurs désintéressés, qui ne peuvent être que les professeurs nommés et à nommer. Il y aurait un inspecteur pour la déclamation spéciale, qui donnerait à cette partie les mêmes soins que M. *Perne,* inspecteur-général du Conservatoire, semble accorder plus particulièrement à la musique. Chacun son temple et son Druide, puisqu'on peut avoir chacun son culte; c'est naturel. Que M. l'inspecteur-général surveille et dirige toute la partie musicale, d'accord; son mérite et son activité se rencontreraient difficilement; mais du moins, que *Saint-Prix* sur la partie théâtrale ait toute la latitude que lui ont acquise ses talents et son expérience.

Rien n'est plus facile que l'exécution de mon projet : La salle qui existe aux Menus-Plaisirs a-t-elle été construite comme un monument de pure fantaisie,

ou comme devant être utile à l'École de Déclamation?
La raison dit qu'il faut s'en servir , qu'elle a été bâ-
tie pour exercer les élèves, et que plutôt on les y
verra, plutôt on aura fait quelque chose pour l'art.

Qui pourrait empêcher que cette salle ne fût em-
ployée aux *Gymnases Dramatiques ?* que les recettes
ne revinssent au profit des élèves?

On objecte que, dans un établissement portant le
titre d'École Royale , on ne peut acheter une faveur.

Cet argument tombe de lui-même, en considérant
que le *Gymnase Dramatique* ne serait à l'École
Royale de Déclamation, que ce que sont les théâtres
Royaux à la Maison du Roi ; c'est-à-dire, des établissements voués aux plaisirs et à la gloire de la
nation, protégés et honorés par le souverain.

Si, d'ailleurs, cette réponse n'était pas concluante
pour les antagonistes de ce projet, nous leur deman-
derions pourquoi de faibles raisons de convenances
doivent l'emporter sur l'intérêt d'un art, où se rattachent tous les autres, et surtout la plus belle portion
de notre littérature ?

Oui, je le répète, si vous ne vous hâtez de donner
des leçons pratiques, et d'offrir des ressources aux
élèves, l'art théâtral est perdu.

Le seul moyen est de créer un théâtre, et que les
leçons données à l'École, ne soient que les répétitions
des exercices.

Composant les *Gymnases Dramatiques ,* de Tragédie, de Comédie, de Grand Opéra, d'Opéra Co-
mique, les élèves de chaque genre donneraient au
moins une représentation par semaine, et les résul-

tats d'une pareille organisation sont trop évidents pour avoir besoin d'être exposés; quant aux détails d'exécution, ils sont aussi trop simples, pour qu'ici je doive m'en occuper. Les élèves, en jouant la comédie, exerceraient leur mémoire, apprendraient leur emploi, trouveraient une noble émulation, s'aguérriraient au public, se briseraient à la scène, et sauraient ce que c'est que porter la toge ou l'épée, la casaque ou la tunique; et l'on ne verrait plus paraître, sur le premier théâtre du monde, des débutants qui, n'apportant souvent que de faibles dispositions, fatiguent encore le spectateur par une gaucherie désespérante. Il est certain que c'est la seule chose à faire pour bien connaître les dispositions de chaque élève. Tel qui paraît nul, sur les bancs de l'école, serait, peut-être, beaucoup sur le théâtre; c'est en jouant un rôle, et non en répétant une scène mille fois rebattue, qu'on prouve qu'on peut être un jour comédien. Par le moyen de ces exercices, le public lui-même, marquerait l'époque où le jeune acteur serait capable de se montrer sur les premiers théâtres; et l'honneur d'un établissement protégé de la munificence Royale, ne serait pas exposé par l'inexpérience d'un débutant.

Les sujets dont les dispositions n'offriraient pas tous les avantages exigés pour la capitale, seraient envoyés en province; et, sous la protection de l'école, y rétabliraient le goût de la tragédie et de la bonne comédie, qui y sont remplacées par le mélodrame et les charges de *Brunet* et de *Potier!*

Si toutefois, par leur moralité et leurs talents, ils

se rendaient recommandables; un ordre les rappele-
rait de préférence pour débuter et concourir aux
emplois vacants des Théâtres Royaux. Il me semble
qu'en exécutant ce projet, les mœurs y gagneraient
par l'éducation et par la bonne conduite exigée des
comédiens, et que l'art ferait ses premiers pas vers
la réorganisation si nécessaire et tant désirée.

SECOND THÉATRE FRANÇAIS.

Sɪ nous étendions notre examen et nos réflexions sur tous les sujets composant, ou du moins devant composer le second Théâtre français, on pourrait nous reprocher des intentions hostiles, et de vouloir prévenir le jugement du public ; les moins capables ne manqueraient pas de crier le plus au scandale. Mais comme nos pensées se portent entièrement vers les progrès de l'art théâtral, nous n'établirons pas même une comparaison entre le premier et le second théâtre français ; en effet, quel avantage résulterait pour notre but de la différence prouvée de deux sociétés, dont l'une semble s'évanouir et l'autre paraît morte avant que d'exister? quel avantage, dis-je, pourrions-nous obtenir en montrant que le second Théâtre est au premier ce que *zéro* est à mille ? Le seul besoin de former des sujets dignes de porter le nom de *Comédiens du Roi.* C'est un point sur lequel on s'accorde trop généralement pour s'engager à faire le tableau critique des acteurs. Un seul mot suffit. Dans les représentations les plus brillantes du premier Théâtre, à l'exception d'un sujet ou deux, tous les autres s'élèvent à peine au dessus du médiocre. Est-il permis d'espérer un médiocre plus honnête au second Théâtre? Espère-t-on, dis-je, y trouver *Talma, Lafon, Baptiste aîné, Michot* et *Michelot,* Mlles *Mars,*

Levert et *Duchesnois*? Non certainement, car les premiers sujets du second théâtre ne valent pas même les doubles du premier. Que doit-il résulter de cette pénible conviction? du médiocre chez l'un? la nullité pbouvée chez l'autre. Où sont les sujets plus capables? en province? Détrompez-vous; le mauvais goût y règne à tel point, que *Jean-Sbogar* l'emporte sur le *Cid*, et *Jocrisse* sur *l'Étourdi*. En un mot, les meilleurs comédiens de province ne peuvent servir qu'à alimenter les théâtres des boulevards, puisque leurs études et leur répertoire se composent des ouvrages qui y sont représentés.

À *Rouen*, patrie du grand *Corneille*, où le goût est moins corrompu, peut-être, que partout, n'offre pas deux fois dans l'année un des chefs-d'œuvre de l'homme célèbre qui lui a acquis tant de gloire.

En jetant un coup-d'œil sur le premier et le second Théâtre, on voit avec peine le peu d'harmonie qui se trouve entre ces deux établissemens; leur existence est tout-à-fait hétérogène, et l'art n'en obtiendra que des résultats nuisibles à ses progrès.

La Société royale de la rue de Richelieu a droit sur les *Comédiens du Roi* du faubourg Saint-Germain; c'est-à-dire, qu'en prévenant le directeur six mois d'avance, elle peut s'emparer de tel sujet qui lui conviendra. Supposons que cette société veuille avoir *Victor* et *Joanny*, où sont les sujets capables de les remplacer? nulle part. Voilà donc le second Théâtre dans l'impossibilité de jouer la tragédie. Il y a certainement vice d'organisation, puisque les intérêts ne sont pas les mêmes dans deux établissements qui ne doivent avoir qu'un même but. La société de la rue de Richelieu, quand elle voudra, avec de légers sacrifices, anéantira la direction de M. Picard.

De deux choses l'une; ou il falloit que le Théâtre de l'Odéon ne fût que la succursale du premier Théâtre; soumis aux mêmes réglemens; que les recettes revinssent à la même caisse, et que les sociétaires, cumulant les avantages de ces deux établissemens, jouassent indistinctement au faubourg Saint-Germain ou à la rue de Richelieu. Sinon, ce qui valoit beaucoup mieux, il falloit imposer un directeur au Théâtre français, qui n'eût aucun pouvoir sur M. Picard, et partager également aux deux administrations les avantages dont jouissent seuls les sociétaires de la rue de Richelieu; placer ces deux institutions royales sous la surveillance du premier gentilhomme de la chambre, et stimuler les sujets composant chaque société, par la gloire d'obtenir, du mérite seul, le beau titre de *premiers Comédiens français.*

Ces deux Théâtres établis ainsi; l'école organisée comme nous l'avons offert, il serait impossible que l'art ne retrouvât bientôt son ancienne splendeur. Un rayon d'espérance animant la jeunesse studieuse, enfanterait de nouveaux poètes, et leurs beaux vers, inspirant d'autres ames, trouveraient de dignes interprètes.

PREMIER THÉATRE FRANÇAIS.

Sɪ tout le monde n'était pas convaincu des faibles ressources qui restent à l'art dramatique, l'examen de chaque acteur en démontrerait assez l'insuffisance, et prouverait que cette carrière a besoin d'une protection particulière.

Nous présenterons seulement les lacunes qui existent, et celles qui existeront bientôt dans les premiers emplois. Scruter plus avant serait s'obliger à dire des vérités inutiles au but que nous nous sommes proposé. Quand on parle dans l'intérêt d'un art, on doit bien se garder de décourager ceux qui s'y vouent. Et comme à l'intérêt de l'art s'unit celui de l'artiste, j'espère que les comédiens me sauront bon gré de ma réserve.

Depuis la retraite de *Saint Prix*, Melpomène attend toujours le roi des rois, et l'implacable ennemi des Romains.

Fleury, en quittant la scène française, a prouvé que le boudoir de Thalie est d'un pénible accès.

Mlle *Mars* consentira-t-elle à nous charmer éternellement? hélas! quand elle y souscrirait, le Tems, ce barbare a des ailes, et vole pour tout l'univers.

Talma, *Lafon*, Mlle *Duchesnois*, défendent dignement l'honneur de la tragédie; mais les deux premiers veulent prendre l'emploi des Rois. Qui doit hériter du poignard de Manlius et de celui d'Orosmane?

Après Mlle *Duchesnois*, Racine n'aura-t-il pas perdu son plus digne interprète?

Qui jouera Phèdre?

La retraite de *Saint-Fal* et de *Baptiste* aîné ne sera pas moins funeste au théâtre.

Ajoutant à l'impossibilité de remplacer ces sujets, le peu d'espoir que donnent les autres, et surtout le peu d'accord qui règne dans la société, n'acquerre-t-on pas l'entière certitude que l'art touche à sa décadence, et que s'empresser d'ajouter aux ressources est un devoir exigé, surtout quand les moyens sont aussi faciles que ceux que nous avons indiqués?

Pourquoi laisser subsister des abus ridicules, et principalement celui qui donne à un chef-d'emploi du Théâtre Français, un pouvoir despotique sur ses doubles? Mlle *Le Vert*, moins limitée par Mlle *Mars*, eût développé entièrement ses brillantes qualités pour l'emploi des *Grandes Coquettes*. La perfection qu'elle offre dans plusieurs rôles fait regretter ce qu'elle serait dans beaucoup d'autres. Cet exemple et celui de *Monrose*, devraient suffire pour qu'on fît cesser cette espèce d'oligarchie dramatique qui rappèle un peu trop la forme des institutions féodales, pour exister dans le réglement du premier théâtre d'une nation constitutionnelle.

Existe-t-il rien de plus vicieux et de plus opposé aux progrès de l'art théâtral, que la formation du jury chargé de prononcer sur les aspirants aux débuts. Cet aréopage se compose entièrement de comédiens. Les

croira-t-on assez désintéressés pour accepter un débutant capable de leur porter ombrage? suppose-t-on,
dis-je, assez de conscience et de force d'âme à tel
chef-d'emploi, pour qu'à sa décision sur un rival on
n'eût pas le droit de lui dire : *Vous étes orfèvre, M.
Josse ?* en bonne politique on dit : Soutenez-moi, je
vous soutiendrai; n'est-il pas très-possible que les comédiens français aient pris pour loi fondamentale ce
vers avec un léger changement :

Nul n'aura de talent, hors nous et nos amis?

Soyons bien persuadés qu'un acteur qui prononce
sur le sort d'un antagoniste est loin d'offrir les garan-
ties nécessaires, pour que sa décision ne devienne pas
suspecte, et que c'est un comité composé d'hommes
de lettres qui seul devrait être chargé de l'examen
des aspirants aux débuts, et d'en limiter le nombre.

Après avoir signalé ce qui nuit le plus à l'art dramatique, nous devons engager les jeunes comédiens à
faire des études profondes et soutenues, à se bien pénétrer que c'est dans l'histoire des premiers enfants
de Rome qu'on trouve la physionomie des Horaces, et
que c'est dans Homère qu'ils trouveront toutes les
nuances du caractère d'Achille.

Dans les arts, il faut une chaleur, une exaltation,
qui se rencontrent difficilement. Pour aller loin, le
jeune comédien doit se proposer d'honorer le théâtre
et de payer par ses veilles un tribut à la gloire nationale.

Le travail et la persévérance enfantent des miracles.
J'ai voulu, sans décourager personne, sans blesser
aucun amour propre, pénétrer tout le monde de la

grandeur et de l'importance des intérêts qui se rattachent à notre littérature dramatique ; j'ai voulu, dis-je, prouver que les beaux talents s'évanouissent ; que les espérances, en supposant qu'elles se réalisent toutes, ce qui est impossible, seraient insuffisantes pour former un jour une bonne troupe. Et qu'enfin, le seul moyen de sauver l'art théâtral est de créer une institution dont le but offre le plus de sécurité possible, pour qu'un beau talent ne reste jamais sans successeur.

FIN.

9 782014 110937